集

松心火

長澤一作

第１歌集文庫

目次

昭和三十二年

昭和三十三年

昭和二十六年

渚の石

現身《うつしみ》は冷えつつ立てり海とほき雲のめぐりは輝きそめて

海の上に日が出づるとき照らされし渚の石と現身のわれ

しづかなる黄《き》なるしののめ幸《さいはひ》を吾にもたらす光ともなし

午後の街歩み来たれば黄色なる渦を巻きつつ埃があがる

暗闇の中にきこゆる汽車の音息づくごとき響と思ふ

白き陽

声もなき悲しきものぞ見えてゐる曇の奥の白き太陽

トラックが砂利降しゐる傍らを通りゆきたりその砂利の音

北とほき雪山の穂《ほ》のつらなりが暮れなんとして見ゆる寂しさ

ひとしきりあかき西日に冬樹々のあらはなる影土にながしも

さまざまの色にて明滅する光夜のかの街は低く見えゐる

紅　雲

麦青きかの麦畑は既にしてあふるるごとき春の光ぞ

杉群は暗く見えつつ近づけば杉より起る風ぞきこゆる

椎の葉の若芽萌えいづるかがやきの窓に見えつつ永き黄昏

第九シンフォニー高まりゆきてその響《ひびき》うつし身寒き吾に聞ゆる

電線に鳴る夜の風きをれば波動をなして風ゆくらんか

風のおと笹より立ちて何故に追はるるごとき思ひはきざす

かの坂のアスファルトに照る夕光《ゆふひかり》その輝きは吾に寂しく

砂の上

松林越え来て砂に照りゐたる昼の光を妻と見て立つ

砂の上に妻子と坐り居りたれば平安のさまと人見るらんか

路地奥の電灯にむらがりゐる虫を見つつ貧しさに思ひはかへる

暮れしのち杉の梢は見えゐたり暗緑《あんりよく》のときしばし保ちて

三年経て相対《あひむか》へれば吾が声の聞えぬまでに君は病みをり

筆談のとだゆるときに吾に湧くこの悲しみよ君も持たんか

病む友と別れ来たれば西の日は路上にうごく埃を照らす

氷と人

日に光る氷を船に積みてをり人らは物を言ふこともなく

照らされて吾は立ちをり夜の土に松心の火の焰ゆらぎて

極りてあかきカンナよ悲しみの心のごとく庭にし見ゆる

稲　妻

歩きそめしわが児が吾にすがるとき寂しくも心に萌《きざ》すものあり

暮れゆきし空の涯《はて》にてをりをりにひらめく光遠き稲妻

路地にともる電灯の下を宵々によぎりきて心和ぐにもあらず

夜半《よは》すぎてもろこしの葉のそよぐ音暁《あかつき》がたは静かなるべし

身に迫るものの如くに五位鷺の声ぞきこゆるこの夜半にして

道にさす朝の光よリヤカーに死にたる義父《ちち》を乗せて帰らん

肉身にあらずといへどもろともに貧しく住みて心は倚りき

鉛色に海は見えつつ家族らはそれぞれの思ひ持ちて立つらし

くぐもりてにぶく光れる川原に黒き鴉は飛びつつ啼けり

過去《すぎゆき》を呼ぶごとくにて遠くより吹き来る夜の風ぞきこゆる

月低く落ちんとしつつ既にして立ちゐる吾を照らすともなし

日の暮に来し小園に花びらの黒くなりたるカンナが立てり

潮騒

めし粒をこぼしつつ食ふこの幼《をさな》貧の心をやがて知るべし

海岸《うみぎし》にひとかたまりの岩ありてそこにこもれる夜の潮騒《しほざゐ》

西ひくき雲の茜《あかね》を見つつ来て帰りつくときすでにしづけし

かの暗き杉群に風こもる音しづまることのなき音に似て

宵空に杉の梢はするどくも動きてゐたり吾の来しとき

道路工事の赤き灯の側《そば》をよぎるとき掘返されし土が見えゐる

かかはりのなきものなれど窓下の砂利ふみて遠くなりし人音

輝きの色すでになく柿の葉の土にしづまるいくつかを見し

竹群

片なびく遠き竹群ひかりつつ戦ふもののごとくに寂し

霽降りし路上をへだて見ゆるもの夜の店にてかがやく蜜柑

安らぎはそこにこもりてある如く吾がゆく路地の奥の夜の霧

風吹きてゆく路地の土夜もすがら裸電灯は照らしゐるべし

黄の余光せばまる空に灰のごと乱れし雲はなほ見えてゐる

昭和二十七年

窓

半ば成りしビルヂングの窓暗くして夕《ゆふべ》の風はそこにきこゆる

霧の中に路地の電灯はともりをり霧も電灯も黄色く見えて

煉瓦塀崩《くづ》れて赤く見えしかどいますみやかにそこも暮れゆく

聞えゐし鉄工場の重き音俄かに高くなりてとまりぬ

工場街に永く鳴りゐるサイレンのとほき音近き音をききをり

夜にして見ゆる桐の木の枝白しするどく風を切る音がして

北とほき山の奥がに雪雲はくらき水銀《みづがね》のいろに見えをり

赤き瞳

ひびきつつ風吹きをりて見ゆるもの明暗のなき曇と屋根と

風の吹く夜にてゴッホ自画像の赤き瞳《ひとみ》を吾は見てゐし

冬の日は斜に差して一本の杉の木立てり赫《あか》く乾きて

夕暮の鋪道を来れば背後よりやすらかに永き時報はきこゆ

暮れはてし薄明の空清くして救ひはそこにありとしもなし

焚　火

人のなき路傍の焚火《たきび》燃えてをり焔は土に低くなびきて

背に負ひし幼児眠らせんとする街灯に砂利の光る夜の路地

アスファルト斑《まだら》にしめりしところ見え夕暮寒き路上を歩む

寒々と壁見ゆるとき灰色の翅《はね》うごかして蛾がひとつ居る

斯くのごと夜の時間の過ぐる音きこえて何に心は焦《あせ》る

機動音

風のごと夜空を過ぐる機動音《きどうおん》このしばらくの心言ひ難し

楠の黄《き》なる若葉は光りつつ限りなくそこを風が過ぎゆく

惰性のごと一日終りて帰り来る路地は砂利の上灰色にして

いま西に日が沈まんとしてゐたり行手にするどき線路の光

日すがらの曇は晴れて夕庭の土に瓦礫の類あざやけし

あはあはと心は和《な》ぎて夜に持つ斯かる空想も貧《ひん》より来る

動物の性《さが》のごとくに夜半すぎて覚めゐる吾を妻いきどほる

雲の影路上を過ぎてゆく如き悲しみありて夜に覚めをり

西とほき曇の奥の幾ところ白く光りていま日が沈む

周　囲

吾がこころ憩はんとして暮方に水光りなき濠《ほり》の辺をゆく

夜々の慣《なら》ひのごとくわが周囲に妻と幼児が動きゐるのみ

片言の幼児と妻の話す声ききをり安息の声ともおもふ

夏の日は沈まんとして今しばし路地いちめんの砂利が輝く

川原遠くなかば埋《うも》れし如く見え浚渫船の砂利あぐる音

氷

透明にひかる氷を切りて居りその氷より白き蒸気《いき》立つ

線路とほく工夫等見えてさだまりし動きのごとく鶴嘴《つるはし》光る

昼の日の土に迎火燃えてをり透きとほるその炎の揺らぎ

不吉《ふきつ》なるものの如くに鈴懸《すずかけ》の葉はひるがへるこの曇日に

ねむりつつ折々うごく幼児は日すがら暑き土に遊びし

アスファルトの起伏《きふく》鮮かに影をもつ斯かる夕《ゆふべ》に疲れて帰る

崩れたる煉瓦の塀のかたはらを孤《ひと》りの心たもちてすぐる

影

熱線のひらめきたりしときのまの人間の影壁に残りぬ

点々と顔火傷《やけど》せし幼児は片手に白きむすびを持てり

爆風に衣類ちぎれて立つ人等いづこを見るといふこともなし

斯くのごと一瞬にして絶えたれば感傷を超《こ》えて迫り来るもの

目覚めゐる吾のめぐりの畳にておどおどと黒き油虫はしる

駅を出て次第に早き車輪の音やがて潮《うしほ》のごとき遠音

貧しさに吾の思考の変るさま寂しみ思ふことさへもなし

両側に砂利片寄りてしめる路地朝出でゆきて夕《ゆふべ》に帰る

谿

この谿《たに》に水の流れし跡ありて石も砂《いさご》もそのまま白し
きりぎしの底の白砂に沁むる雨そのかすかなる音をききをり
きりぎしのかの頂に光りつつ蔓草なびくさまも寂しく
鉄橋を夜の列車がすぐるときひとしきり川原の砂利を照らしぬ
ひもすがら金属の音きこえゐし建物見ゆる夕靄のなか

めぐるごと来たる時相を否定しつつ自らの言葉妻に言ふのみ

暖かに月をめぐれる白き輪《わ》を仰ぎてゐたり夜の路地に出て

時　間

一瞬の時間といへど断ちがたく現身すべて過去《すぎゆき》を負ふ

眠りつつ夢におびゆる幼児の声ききゐたり斯かる寂しさ

路上にて土くれのごと見えながら鼠の骸《むくろ》腐りゆくらし

灯の明《あか》き夜の街ゆけばつぎつぎに自らの影めぐりに動く

毛糸あむ妻と覚めゐて意味もなき短き言葉をりをり交す

夜にして公孫樹《いちやう》は見ゆる街灯に近き部分が黄《き》に光りつつ

かすかなる安らぎのごと煉瓦塀に日の火照《ほて》りあり夜に歩めば

金属の玉をうつ音ひびく街すぎて吾が住む路地に帰り来《く》

公孫樹

路地を出てわが歩みをり髪の毛は背後より吹く風に吹かれて

いろづきし公孫樹の一木《ひとき》風ふけば炎のごとくここより見ゆる

夜の窓の内部に光もつ旋盤見え吾がすぐるとき音きこえをり

折々に低き埃の立つ路地を見てをり寒く昏れてゆくとき

嬰児《みどりご》と妻ねむる部屋にもどり来て涙のごとく斯くきざすもの

昭和二十八年

幾段の波

朝《あした》より風吹きをれば海岸《うみぎし》にななめに寄する幾段《いくきだ》の波

横ざまに風に吹かるる砂の音潮《うしほ》のひびき共にきこゆる

浜に立つ吾のめぐりにひとしきり衝動のごとく砂風に吹かる

火鉢より黴《か》びたる餅の匂ひしてやすらかに吾と幼児はをり

近々とただよふものの如くにて夕靄のなかの黄なる太陽

夜の音

窓下の白き路上の溜り水飲みゐし犬はしばしにて去る

生きをりて堪へねばならぬ苦しみも持続のうちに浄《きよ》まりゆかん

夕靄のなかを来しときそれぞれの距離を保ちて樹々は立ちをり

路地奥に三年《みとせ》貧しく住みたりきその路地の土を折々おもふ

重々ときしむ響を伝へつつ夜のトラックは遠くなりたり

とどこほる如くに空気冷えてゐる倉庫の陰をしばらく歩む

薬罐《やくわん》よりしづくが燠《おき》に落つる音ときをりしたりわが部屋の隅

おぼおぼと遠き街音はきこえくる吾の過去より聞ゆるごとく

畑とほく人動きゐて耕されしわづかの土がめぐりに見ゆる

たとふれば湧きいづる湯の如きもの吾もわが妻も失ひゆくか

曇日の路地の向うにけむりつつ焚火の焔うごく寂しさ

相せめぐごとき風音を聴きゐたり傍らに冷えてゆく夜の壁

定まりし自らの家のなき心移り来し部屋に幼児も持つ

何もかも抛棄せんごとき思ひにて泣く嬰児のかたはらに居り

街灯のせまき視野にて電柱と煉瓦の壁の一部見ゆるのみ

夜の靄

よれよれになりしオーバアの襟立てて歩みぬ夜の埃たつ道

しづかにて生《なま》あたたかき夜の靄かの窓々に平安あらん

定まりし方向もなく吹きてゐる風を聴きをり今日のあかつき

山峡の極まるところ段《きだ》なせるせまき水田《みづた》に氷はひかる

地下足袋を穿《は》きし先生に従ひて歩みしこともただひと度ぞ

仏頭の図

地を吹く風音のする夜にして耳ながき仏頭の図を見てゐたり

いくつかの瓦礫の類《たぐひ》ひかりをり角度を変へし月の光に

午後の日の照れる傾斜に乾きたる骨のごとくに桐の木ひかる

ゆきずりに夜の屋台《やたい》の内部見ゆ淡き光に湯気があがりて

夜の雨しづかになりし庭土にやすらかに犬の歩む音する

浜茱萸《はまぐみ》のひとむら風に乱れゐて歩み来し砂丘はここにて終る

妻と子と傍らに立居《たちゐ》するときにひらめくごとく孤独は来《きた》る

この部屋に相寄りて四人眠れども暫しにて又移りゆかんか

貨　車

踏切の鐘きこえしがしばらくののち重々と貨車過ぎゆけり

くぐもりて色彩のなき構内に体ごと人は貨車を押しをり

おぼおぼとめぐりの雲を照らすのみ曇の奥に月沈むとき

雨の音樋にひびきて夜もすがら庭の赤土に流れ出づるらし

昏れてゆく曇の果に水のごと空見ゆるとき庭に立ちをり

貨車すぐる傍らに佇《た》ちをりしかば線路のきしむ音も聴きたり

しづまりし悲しみのごと明方の空に透きとほる月見えてゐる

斑点を持つ蛾がひとつ机にて動きてゐたり夜やや寒く

肉　声

おびただしき夜の蛙は盛りあがる響となりてここに聞ゆる

窓外は昏《く》れんとしつつひとときの青き空気にそよぐもろこし

街上に掘られし土が乾きゐて風はそこより埃をあぐる

川原のなかに幾つかの流れあり流れの岸の砂清くして

歩み来て赤土に降る雨のおと雑草にそそぐ音も聞きたり

なまなまとしたる女の肉声が夜の小路を過ぎてしばらく

荒々しく蛇口より水の溢《あふ》れゐる音きくしかどしばしにて止む

獅子

盤上にいま辛うじてのぼりたる獅子をし見れば涙ぐましも

いましばし西日は差して杉群の片靡《かたなび》きゐる梢が見ゆる

乾きたる芝生の上に残光はすれすれに差す斯かるときのま

背後にて踏切の鐘鳴りゐたり風に吹かれて吾が帰るとき

偶然は寂しくて遠き夜の空に音ともなはぬ花火があがる

夜の路地の土の一部が方形に照らされてゐるところを過ぎぬ

風の吹く庭に仰げば夜もすがら月に照らされて雲うごくらし

花　群

煙突より水平に煙ながれをり倉庫の壁に限られし空

コスモスの花群《はなむら》に風わたるとき花らのそよぎ声のごときもの

吾の佇《た》つ地《つち》に響きてつぎつぎに戦車の列は過ぎてゆきたり

山峡にてのひらほどの芒原見えをり風と日に光りつつ

片言《かたこと》の幼児の声きこえをり人呼ぶ声は斯く哀れにて

よぎりつつ見し踏切の小屋にしてストーブ燃ゆる焰も見えし

ユーカリの樹皮落ちし幹なまなまと見えゐて曇るゆふべに通る

坂　街

更けし夜の空間にして絶えまなく電波乱れて居らんと思ふ

坂の街おもき夜霧に見ゆるとき溶解しゐるごとき錯覚

高層に鋲打つひびき聞えつつ務を終へて路上過ぎゆく

灰色の貨車わが前にうごきをり停らんとして俄かにきしむ

パチンコをしつつ心のあそぶとき孤独にて靄の鋪道ゆくとき

昭和二十九年

冬海の音

空暗き夜にてふくれ来る如き冬海の音ききつつ歩む

冬の日に照らされて歩みゐる吾と路上にうごく埃の渦《うづ》と

斯くのごと夜々あかき火に寄りきそのをりをりの哀楽ありて

灯のつきし内部が見えて鎧戸はためらひながらいま降《くだ》りゆく

透明に輝く空とかわきたる公孫樹の冬木見ゆる日すがら

窓ガラスも吾も揺れつつ走りゐる夜の軽便車輛《けいべんしゃりやう》にまどろむ

霜降りる時刻とおもふ庭土に傾きし月の光は差して

夜の街

重々とせる悲しみの一つにて周期のごとく斯く兆《きざ》し来る

幼児と吾の聴きゐるジェット機音幼児は戦の響を知らず

窓下のある位置にして夜もすがら雨だれが風に吹かれゐる音

渦のごと光のうごく街すぎて吾が住む場末の街に帰らん

窓外の路上は白く昏れゆきてそのまま月の照る夜となる

雑然と街にみだるる夜の光背《せ》にあびながら歩みて帰る

稀に飲む酒なりしかばきぞの夜こころ単純になりて歩みし

踏切の鐘

歩みつつ心の憩ふ音にして夜霧のなかに踏切の鐘

夜行車の窓の光に吾が体照らされながら佇《た》ちて居りたり

いましばし余光の永き時刻にて白きクローバの花群に立つ

折にふれ妻も孤独のときあらん隣室にいまだ起きてゐる音

生《なま》あたたかき風吹きをりて片側は線路の光る夜の構内

梅雨

貨車駅の一隅にして木材を貨車より降すしめりて重き音

梅雨《つゆ》のあめ降りつぎて吾の周囲には幼児の声わが妻の声

近づきてゆけば漁船に人動き白き氷を砕きてゐたり

傍らをすぎしトラックが埋立地のはづれまで行きて土降しをり

きりぎしの下にはせまき渚《なぎさ》見えてそこに日の光波のひかりや

路　上

路上にて転圧車《ローラー》重く動きをり内部にも回転の音聞こえつつ

かの坂の街にきこゆる夜の響ときに電車の降《くだ》りゆく音

乾きつつ車輪の跡の見ゆる路地曇りしひと日いま昏れてゆく

さまざまの位置に黄色き窓見えて靄こめし夜の渋谷を歩む

降りたちし庭に生温《なまぬる》き夜の風ふかれゐるカンナの花びら暗し

雨の降る路傍に荷馬車とまりをり濡《ぬ》れつつ憩ふ馬やさしくて

街上をトラック一つ過ぎてゆく積みし砂利より水したたりて

路《みち》のべにトラックをりてほとぼりを持つエンジンの側《そば》を過ぎたり

竜舌蘭

弾力なき牛の肉塊を車より降《おろ》しをりそこを過ぎて歩みぬ

踏切の灯に照らされて過ぎてゆく無蓋車に積まれし白き木材

晒《さら》されしごとくに白き芝生見えて安息のなき夕暮となる

高層の窓ともりゐて鋪道より白き内部の壁見ゆるのみ

曇日に出でて来しとき蠟のごとく竜舌蘭の花咲きゐたり

夜に聞く音のひとつにてとどまりし電車が走り出すときの音

場　末

周囲には絶えまなく立つさまざまの音ありて夜の街歩みをり

終点の車庫にとまりてゐし電車日差しの中にいま出でて来る

場末なる街に灯りし青き光皮膚照らされて吾は過ぎゆく

風の向き変りつつ吹きてゐるらしく昏るる空地の草が見えをり

逆風にしぶきをあげてまのあたり流れつつをり海の潮《うしほ》は

石廊崎にて

山桃の木原へだてて見ゆる海白き午前の光に動く

芒《すすき》原のなだりはつきて隆起する山ひとついま紅葉のとき

歩み来し草生に黒き牛ひとつうづくまりゐて眼をしばたたく

焰

ゆらぎたつ炭火の焰見つつをり外は鉛のごとく昏れゆく

透明に光る雲らよ冬の夜の空の一隅にしづまりゆきし

家あひのせまき視野にて黒ずみし冬海うごく向ひて行けば

土の上に公孫樹の落葉見えをりてあと幾日か斯く輝かん

いくつかの時計が共に鳴りゐたり風吹く街を歩み来しとき

風音は或いは遠くストーブの内部に焔燃えてゐる音

歳　晩

静かにて時刻の推移なきごとき午の曇に見ゆる枇杷の木

いましがた過ぎ来し夜の谷街《たにまち》に渦のごとくに聞えゐる音

半身に暖炉の熱を受けながら椅子にをりこの小さき平和

鉄錆《てつさび》のあと乾きたる黒き貨車親しきもののごとく見て立つ

幼児が声あげて吾にすがるとき心なごむといふにもあらず

珈琲《コーヒー》店の隅に居りたり屋外に流るる音は歳晩のおと

日の位置のあたりが不吉に明るくて曇日の午後街を歩みぬ

昭和三十年

冬

あかあかと七輪に燃えてゐる熾《おき》に照らされて妻と幼児の顔

ビルヂングの間に斜にさす冬日人居りて白き漆喰《しつくひ》を練る

消灯ののちの部屋にて見ゆるもの火鉢の内部照らしゐる熾

限られし窓外の視野にひもすがら雨に濡れゐる桐の木の幹

街灯は路地の一部を照らしゐて続けざまに立つ埃が見ゆる

方形の貯水池めぐる麦生《むぎふ》見ゆ麦生も水も風に光りて

ゆくりなく夜にきこゆる冬海の磯移りゆくながき波の音

家あひより出でて来しかば街上に風に流れて雪の降るさま

原子雲白く盛りあがりゆく写真吾の見しのち幼児も見る

遮断機

工事場の一部にアスファルト溶《とか》しをり鉄板の下に焔乱れて

遮断機が風に鳴りゐる踏切をすぎてまばらに灯る吾が町

雨あとの月出でしかばあらあらしき光は夜のぬかるみの上

階下より冷えし空気が流れゐる高層の階《かい》降りつつをり

幼児が牛乳のみしちやぶ台にきほひなき夜の蠅が来てゐる

その音は断続しつつ製材所にしめりし材《ざい》が切られゐる音

蝦蟹《えびがに》の幾つかがなほ生きをりて土間のバケツに立ててゐる音

青炎

廃工場の草に降る雨ききゐたりいづこに移り住むあてもなく

青き炎ほとばしりつつ鉄板を穿《うが》ちをり暗き工場のなか

雨の降る街より丘にきこえ来るすべての音は動きゐる音

手籠より氷のしづく落しつつ急ぎをり吾が幼児病みて

二年間吾と妻子が住みし畳外光のなかに干して見てをり

牛と人間

垂直に坂の半ばに立つ公孫樹《いちやう》ひとしきり風は若葉を過ぐる

畑遠く見えつつ牛も人間も前かがみにて動くさびしさ

疲労よりきざす悲しみと思ひつつ歩みをり灯の黄色き場末

蛙の声泡立つごとくきこえゐる水田の上の暗き空間

松心火

坂上に見えし電車があわただしく上下に揺れていま降《くだ》りくる

片寄りに浮ぶともなき木材が見えて曇日の運河をわたる

いましがた楽《がく》鳴りやみて夜の街のうつつの音が窓に聞ゆる

幸ひも悲しみもなくクローバの花群に夜の風が吹きをり

宵はやき路上に松の心《しん》を燃す赤き炎を歩みつつ見し

予期せざる位置にときのま雲見えて続けざまに遠き稲光立つ

夫々の形をもちてアルマイトの器具光る店にわが妻と立つ

幼児の心和《な》ぎゐるときならん何気《なにげ》なく吾を呼ぶことありて

家のなきながき不安を日常の心のうちに妻も持たんか

ガラスにて区切りし内部輝きて夜のガソリンスタンド見ゆる

街灯の光に雨がひかりつつ降る丁字路を曲りて帰る

雨の降る道の遠くに濡れぬながら赤きポストが見ゆる寂しさ

夕庭に幼らをりて異りし夫々の声を吾が聴きてゐし

宵街《よひまち》を過ぎつつゐたり泡のごと無数の音がめぐりに立ちて

デパートのかの屋上の円き檻うづくまる猿も黒く見えゐる

秋

建物の影終りゐるところより截然と秋の午前の光

楽《がく》鳴りていま踊りゐる吾がをさな簡単に心ゆらぎゐる吾

雨樋をあふれゐる音明方にききをりきぞの夜も聴こえゐし

踏切に佇《た》ちをりしかば雨しぶき雨したたりて黒き貨車ゆく

飴色《あめいろ》に鉄灼《や》かれゐてふきつくる焔の音を歩みつつ聴く

雲の翳《かげ》たちまち過ぎて山光る山をおほひし芒の穂群

片なびく杉の梢の向うにて風明《かざあか》りする低きみづうみ

サーカスの幕はためきてゐる側《そば》を通りをり曇る午前の時刻

舗装路にしめりし亀裂見えながらいま速かに昏れてゆく時

いづくかの扉《ドア》閉すときラジオの声俄かに遠くなりて聞ゆる

孤　独

厚み持つ雲の下側を照らしつつゐたり沈みゆく月の光が

ひとりなりしときの孤独と異りて斯く妻と子がめぐりに眠る

地隙《ちげき》より硫黄ふきいづるひとつ音或いは遠き音とも思ふ

車窓より見ゆる風景のひとつにて畑の片隅にかたまる墓石

幼児の記憶のうちに残りゐん白き焔を曳くロケットも

漆　喰

識り合ひし頃といくらか変りたる声と思ふ外にゐる妻の声

工事場に漆喰《しつくひ》練りて人居たり白き漆喰に動くその影

公園の芝に幼児遊ばしめ見てをり住居に行きづまる吾

ゆるやかにいま靄のなか過ぐる貨車向うは更に厚き夕靄

杉の木の影伸びをりて先端は判然とせぬままに動きぬ

富士裾原

ひびきつつ風の過ぎゆく笹原の起伏のはては寒き灰色

うら枯れし笹生に風の吹くところ過ぎて音なき熔岩の原

山頂の一部俄かに光りつつ雪けむり立つさまをあふぎぬ

針樅《はりもみ》の暗き樹林の上にして土あらはなる山の裾原

昭和三十一年

燠

家あひに見えてすぎゆく長き貨車一つの経過の如く見てをり

ガラス戸より方形に差す冬の月三和土《たたき》に小さき幼児の下駄

日すがらの風しづまらん台所に猫が来りて水を飲む音

速かにめぐりが昏れてゆくときに炉のなかの燠《おき》いよいよ赤し

月の照る庭土見えてぬかるみし形のままに凍りゆくべし

成行に委《ゆだ》ねるべきはゆだねんとストーブ燃ゆる側《そば》に居りたり

幼児を前にして追儺《ついな》の豆撒けば即ち声をあぐる幼児

象

街灯の下すぎて暗き路地に入る灯《ひ》をめぐる靄土のうへの靄

いちめんに雲うごきゐる夜空にて俄かに月のある位置見ゆる

夜の靄こめし交叉路をすぎてゆく電車の音は金属の音

流れつつ雪降る街をよそほひしサーカスの象いま歩みをり

眠りたる横顔に月照りをりて幼児の顔わが児ともなし

伴ひて黒きランドセル買ひし今日育ちしのちに汝《なれ》も思はん

幼児を叱りゐる妻の声きこゆ吾に言ふよりも生きいきとして

荷馬車

歩みつつ吾が聞きし音電車路の敷石の上を荷馬車がよぎる

一年を単位とし不況に向ひゆく地方小産業の中にをりたり

曇りたるままに昏るると思ふとき遠き西日が街上にさす

月の照る空地の草の中に見えて土あらはなるところは白し

街の灯《ひ》の驕《おご》りのごとき点滅が離れゆく汽車の窓より見ゆる

よみがへる過去の貧しさ降る雨はカンナのひろき葉に流れゐる

ひとときの射倖の心あはあはとなりて雨ふる街上あゆむ

悔

白き灯《ひ》の点《つ》きしガソリンスタンドをめぐりて梅雨《つゆ》の曇昏れゆく

さまざまの昼の音ききて歩みをり或るところ路傍に氷切る音

原とほく一群《いちぐん》の灯がともりゐる支線の駅に向ひて歩む

曇日の川口遠く見えをりて相せめぐさまに立つ濁《にご》り波

昼過の感じなく白き灯のともるデパートの仏具売場にゐたり

酢《す》のごとき悔伴ひて或るときの行為のひとつ甦《よみがへ》り来る

吾の身に纏《まつ》はるごとく雨だれが聞えゐし眠りゆく意識にて

階《かい》降り来れば戸外の土見えてあたかも低く西日差すとき

ねばねばとしたる感じにて踏切の向うの曇りし空昏れてゆく

階段の一隅に月の光さす屋内の灯もそこを照らして

鉄板の上にセメントを練るひびき道歩み来てしばらく聞ゆ

夜の雲

よみがへるごとくに白き夜の雲雨はれし街の空にうごきぬ

月の光に空地の草らそよぎをり音伴はぬそよぎはやさし

廃工場の草群に降るしろき雨雨は日すがら垂直に降る

思ひ出ししごとくバケツの中に這ふ蝦蟹《えびがに》の音ねむりがたき吾

夜の街に停電したる一区画たまたま見えて坂下りゆく

心

庭芝に風わたるとき貧しさを離れてわれの心はあそぶ

やや遠きところに土掘りて動きゐる上半身が路上より見ゆ

曇日の屋上をめぐる街の音遠ざかる汽車の音もきこゆる

妻病みて夕の炊事する吾を幼児二人をりをりのぞく

夕空の反照きよきアスファルト幼児の手を引きて吾がゆく

海　鳴

帰り来し夜の部屋にて予期したるごとく寂しく妻と児ねむる

南よりひろき幅にてきこえ来る海鳴の音秋の夜すがら

惰性にて走り来りし貨車ひとつ反響のなき音して停る

街灯の下に降る雨ありありと濡れしポストとわれが立ちゐる

構内にとまれる貨車を背景となして斜《ななめ》に雨が降りをり

糸　杉

黒々と糸杉そよぎをりしかど凪《な》ぎし夕《ゆふべ》に梢するどし

歩みゆく道より低く樟の木の梢が見えてこもる風音

とどまりし貨車の内部に秋の日は差しをり床の藁屑《わらくづ》見ゆる

庭に吹く風生《なま》ぬるき夜々にひとつの星が近づきてゐる

電柱に体を吊《つ》りて人ゐたり歩み来し路上にその影うごく

現　身

寒く小さき没りつ日見えて現身《うつしみ》は汚《よご》れしもののごとく歩みをり

濡れて立つ荷馬車の馬と倉庫との間に見えて雨の降る海

停りゐる冷凍貨車よりシャベルにて生《なま》ぐさき氷落してゐたり

電波にてひびきくる声戦車群に囲まれし都市の中よりの声

下りゆく坂より見えてよりどなく曇れる空の黄なる夕焼

冬の日

関《かかは》りを持つもののごと聴えゐる湯のたぎつ音遠き風の音

空高く晴れわたりたる冬の日に光りゐるもの桐の木の枝

購《あがな》ひし石油焜炉の焔のいろ坐りて妻と幼児と見る

冬の曇に枯草も土も白き庭起居《おきゐ》のひまに幾度も見る

畑遠く人見えて土鋤《す》きゐたりそこに小さき土埃立つ

真上より月照らせれば庭に咲くコスモスの花白く小さし

国境を越えてのがるる苦しみをかの民族はいま経験す

昭和三十二年

きさらぎ

街灯は黄に照りをりてある範囲の砂利とその上の空白見ゆる

悲しみの幾何《いくばく》が貧にかかはらんきさらぎの夜土に降る雨

石炭を貨車に積みをり雨の中に雨衣《うい》ひかり黒き石炭光る

明方の街に液体のごとき靄遠くに焚火の炎がうごく

風の吹く竹群のなかに杉まじり杉生の音はしづかに重し

竹群のうへに見えゐる杉の木の梢は赫《あか》し冬の午後の日

あふるる如く音立ててゐる造船所見えをり白き午前の海と

雨寒く庭の枯草にそそぐ昼追儺《ついな》の豆を吾が煎りてゐる

北とほく或るところより晴れをりていただき円き冬山見ゆる

アルマイトの器具さわがしく光る店覗《のぞ》きなどして場末を歩む

生暖《なまあたた》かき冬の夜にて泥の匂ひ立ちのぼりゐる溝川わたる

砂丘

防風林より砂丘につづく窪地にて幼き松は砂に埋《う》まりつ

風音は即ち砂の吹かれ飛ぶ音にて砂丘をおほふその音

冬の日に垂直に立つ榛《はん》の木群《こむら》その明るさの中を通りぬ

窓外は取りはらはれし工場跡照る冬の日をわが見つつゐる

見つつゆく空の遠くに余光終るしばしの青も冬のこころぞ

春疾風

乱れつつ雪降る中にあらあらしく太陽見えていま沈みゆく

春の疾風《はやち》ひびかふ午後の街を来て埃づきし古本の棚など覗く

具体なき怖れいだきて吾が聴きしストロンチウム九〇のこと

吹き降りの雨に濡れをり岸壁も揺れつつ泊ててゐる漁船らも

白き花咲く梨棚の下に立つ乾きし土にその花の影

梨棚にしろじろと梨の花咲きて花群のうへ風かよふ空

泊ててゐる荷船に米をとぎゐたり川面《かはも》に白き水を流して

をやみなく波立つごとき悔恨に堪へゐる吾をわが妻知らず

紫雲英《れんげ》咲く段々畑の向うにて小さき波の立つ渚見ゆ

工事場

夜となる工事場に焚火燃えゐたり照らされて木材と人の顔見ゆ

夜の貨車ながく続きて最後尾の車輛救はれしごとく灯りぬ

竹の幹しづかに白き竹群に居りたり外の曇昏れゆく

青き麦生風《むぎふ》に光りてうねるとき鴉は麦生すれすれに飛ぶ

埠　頭

曇日の路地に鶏の声しをりひとつの悪の如くきこゆる

建物の壁に限られて曇日の海と空見ゆ壁より暗く

繰返しゐる動きにて船と岸に人うごき吊《つ》るされし木材うごく

荷揚《にあげ》終りし埠頭にこぼれゐる石炭地下足袋穿《は》きし女来て掃く

ひと色に曇る対岸にドック見え熔接の火が続けざまに立つ

やや遠きひと群の草なびきつつ見えて静止する如きときのま

遠景に濁《にご》りし波がうごきゐて腹ふくらみし黄牛《あめうし》ひとつ

息苦しく盤に対《むか》ひゐる棋士二人街に貼られし写真なりしが

一川の黄なる濁りが安らかに海に拡がりゆくを見て立つ

歩みこし路地にあふぎて花重き泰山木梅雨《つゆ》の曇に咲けり

真上より落下するごとき風と思ふ天城《あまぎ》国有林の中にをりたり

五位鷺

風のある空にさからふごとく開く遠き花火を歩みつつ見し

真直ぐに夜空を飛びてゐるならん五位鷺の声ふたたび聞ゆ

とめどなく変化しをらん白雲とおもひて夜の窓を閉しぬ

街灯をめぐりて黄《き》なる靄の輪《わ》よ物憂き夜と思ひつつ行く

犬

狭き器に生きゐて光る金魚二つときに戯るる如く追ひあふ

アスファルトのうへ照らしゐる月の光犬はひたひたと音して歩む

窓外の街すぎてゆく自動車にまつはる雨の音と思ひき

緩《ゆる》やかに過ぐるとき風は不吉《ふきつ》にてしろじろといま蓮田をわたる

現身が上昇してゆく幻覚を楽しむごとくをりて眠りぬ

望楼の半ばに小さき灯がともりいま降《くだ》りくる一人が見ゆる

標　識

斯くのごと心を責むる悔恨ののちに幾ばくか吾が浄まらん

秋日さす貨車駅の錆《さ》びし線路の上ふはふはといま白猫よぎる

夜行車に眠りゐしかど鉄橋を過ぐるみじかき音に目覚むる

限りなくコスモス咲きて午過ぎの音やはらかき戦《そよ》ぎ聴かしむ

新しく電気器具売る店出来て場末の路上を照らす白き灯

午後三時すぎて風吹く路上にて鋭く金属の標識光る

煙突より焔まじへし煙立つたちまち夜となる場末にて

油槽車の曳ける鎖の音と思ふ背後よりいま近づく音を

遠き灯に壁照らされて工場跡に残る建物に夜々ねむる

河岸の船より汽罐の音しをり低きその音聞きつつ歩む

競輪場より火《ほ》むらの如く立つ人音草刈りながら吾が聴きてゐる

白き材

踏切に立つ折々に聞きしかど貨車ゆく音はつねに一つの音

白き材《ざい》立てかけられて街灯にざらざらとせる下半分見ゆ

並び立つ榛《はん》の梢の風のおと吾がまとふものも吹かれつつゆく

歩みゆく前方にカーブする電車さからふごときその音を聴く

いくばくの重さをもちて過去《すぎゆき》はうちに生きゐん白きてのひら

黒き雨着《あまぎ》まとふ工夫ら遠くなりてなほ歩みをり線路の上を

ウインドゥの中に光れる刃物類等《ひと》しき基本形態ありて

立退を求めし吾を屋内より髪毛あかき幼《をさな》見てゐし

刻

ストーブにガス燃ゆる音ありありと推移する刻《とき》の如く吾が聴く

街灯をめぐる明るさその範囲の空気いくばくか濃《こ》き感じにて

踏切を越えて下りゆく場末の街猫をりて道の溜り水を飲む

片側の地下工事場に溜りゐるごとき夜の靄その中の音

貯木場の水にひたりてゐる木材黒き木材は光ることなし

おのづから現身温《ぬく》みゆくことも悦楽として吾が眠らんか

風なぎしこの暮方に砂丘《すなをか》の縞かぎりなし人の香遠く

段　雲

天《あま》つ日《ひ》は入りたりしかどいま暫し段《きだ》なす長き雲らかがやく

傍らの妻を意識せずゐることありながき共通の過去持つゆゑか

歩廊より見つつゐたれば人群はいたく従順に階降りゆく

ひとしきり黄《き》にさわがしき雲見つつ雨やみし夕《ゆふべ》の坂街くだる

川原の寒き曇にほしいまま音ひびかせて浚渫船居り

昭和三十三年

日　昏

冬木原の向うに暗き杉の木も風のひびきを立ててゐるらし

廃工場の空地にくづれし煉瓦など照らして居りし冬の日沈む

黄《き》の芝に降りそそぐ雨苦しみを予期する故に人は苦しむ

トラックが心苛《いら》だたしき音立てて向変《むき》へてをりこの夕まぐれ

望楼に人めぐりゐる遠くして人の動くはつねに寂しく

形態

幾日も音ひびきゐし覆《おほひ》のなか初々《うひうひ》しきビルの形態見ゆる

鉄斎筆寿老図のその顔貌にひそむユーモアたくましくして

荒々しくパワアショベルに掘られゆく新しき土を冬日は照らす

のぼりたる月の光に遠山の雪よみがへる如く見え初む

街上にひびきゐし風やみしかば遠き没《い》りつ日光る消火栓

靄の中にて

歩み来しゆゑ吾は聴く踏切の小屋の硝子戸にひびきゐる風

コンベアより水したたりて地下の土風ふく路上にいま昇り来る

鶴嘴を線路の石に打ちおろす低くするどき音きき歩む

砂利道を荷車ひとつ行くひびき吾が聴くは明治末期の音か

靄こめし踏切に待つ斯かるとき人は等《ひと》しき感情持たん

岸壁より直ちに厚き靄のなか粘《ねば》りもつ如く波うごきゐる

草白く雨しろくして平安に遠きこころにいま昏れてゆく

夜すがらの風聴きしかど朝明に草群平《ひら》たくなりて冷えゐる

昏れてゆく空地に光る水溜り空より白くひととき見ゆる

転機

夜のバスに揺られゐるとき務にも家にも関りのなき自らか

街工場に熔接の火がひらめきてその中心に人うづくまる

路地を来てわが聴く食器洗ふ音その音ゆゑに心は憩ふ

最悪の予想と少し異りて追はれぬままに住みて日を経《ふ》る

やや遠く曇る斜面に躑躅《つつじ》咲く悪意わだかまる如き色にて

若葉せし樟の樹下《こした》の青き空気よぎり来しことを転機としたり

水溜りまだらに残り歩みゆく道の黄昏はしづかにながし

暗闇

苛立つごとき灯《ひ》の明滅に絶えまなく照らされながら現身歩む

梅雨の曇昏れてゆく時をやみなき匂ひかもしてユーカリ樹立つ

目覚めたる幼と妻が暗闇にものを言ひをりともども病みて

土低きクローバのとめどなき戦《そよ》ぎ見つつゆらぎてゐたる心か

歩み来し夜の公園に常緑の樹々は昼よりも鮮かに立つ

昼の日に砂丘《すなをか》ひとつ輝きてそがひにうごく濃紺の海

十字路

ビルの間に日が沈むとき両側の窓ひびきあふごとくに光る

荷を曳きし馬いきほひて踏切をいま渡りゆく涙ぐましも

しんかんと日の照る道の遠くにて造花光りつつ葬列よぎる

両側に閉しし倉庫並びゐて歩みゆく音はみづからの音

倉庫街をわが歩み来て思ほえず西日は赤しある十字路に

充《み》つる声すべて幼等の声ゆゑに児童会館に居りて心なぐ

河口に満潮のいま心ゆくばかりに波はさかのぼりゆく

街中にひくく燃えゐる迎火の炎は常の街の灯の下

接続したる建物のごと造船所の外れにマストなき船体が見ゆ

冷凍室に人うごきいま外光に半透明の氷曳き出す

花片

泰山木の花びら落ちてゐるところ過ぎて連想は祖母の晩年

王制ひとつ亡びしことを必然の事とも唐突のことども思ふ

午過《ひるすぎ》の曇の奥に光満つる青空見えて移りつつゆく

雨雲の覆《おほ》ひし山のなだりより渾沌として風荒るる音

声

いましがた路傍に降されし黒き砂わが近づけば潮《うしほ》の香する

斯くのごと彩灯《さいとう》傾き揺るるまで虚しく酔ひて歩みゐたりし

鉄骨の上よりひびく打鋲音荒き人間の声もまじれる

しばらくの時すぎしかば透明の夕茜《ゆふあかね》消えて青き夜のいろ

草いきれ油のごとくただよひてこの草群は夏闌《た》けてゆく

消灯ののちに見えゐる壁の鏡光りて夜の風の音する

泥の中

すさまじき水に削《そ》がれて桑の幹の片側の樹皮全くなし

ことごとく流れし日より十日経て泥の中に赤き幼児の下駄

鳶口《とびぐち》を持ちて死体を捜《さが》す人等泥光りゐる向うに動く

いちめんの泥に新しき亀裂見えて秋の光にかく鮮やけし

思ひがけず声やすらかに兄弟の幼児が昼の食事してをり

老人と幼

たちまちに冷えゆくごとく白壁も杉生《すぎふ》も赤し秋の日没

日すがらの曇晴れゆく昏方に俄かに寒き坂街くだる

焚火燃ゆる側《そば》に老人と幼立つ斯かる形にて人は憩はん

見つつ来て心いたいたし浅谿の崩処《くえど》の土に秋日照るさま

色づきし公孫樹《いちやう》のこずゑ光りをり高きところは風かよひゐん

沈　黙

ストーブの燃ゆるおと夜の雨の音その境《さかひ》にて心は憩ふ

コスモスの白花に夜の露光り冷えゆく庭に黙《もだ》しつつ立つ

歳晩のこの夕まぐれ皮膚に沁むごとき音して電車すぎゆく

昏るる外と関りもなくデパートの白き灯に並ぶ物を寂しむ

憩ひゐる時も悔しみを持つときも一つ煖炉の傍らに寄る

後記

本集は私の始めての歌集である。いままで私は歌集を出すといふことを、遠い将来のことのやうに思つてゐた。さうして一冊の歌集をまとめるならば、それをもつて世に問ふ覚悟であるべきだと考へて来たごとくである。いま、すすめられて昭和二十六年以降の作品をまとめたが、さうした、きほひは既にない。

ここに集めた作品はその都度、佐藤佐太郎先生の選を経たものであるが、本集を纏めるに当つて更に捨てて五百二十首を得た。さうしていま省るに、歌境のせまさ、語彙の貧困はおほふべくもない。私は繰返し、『路地』『靄』『貨車』『踏切』等を材料にし、それに執着してゐる。これはその時々に新たな感動をもつて立向つたわけであつたが、結果から見れば大同小異で、大した事はなかつたといふことになる。しかし不遜をかへりみず云ふならば、いくつかの歌は、なほかつ幾ばくかの意味を持ち、存在を主張し得るやうにも思ふ。さうして私としては精一杯の力をこめた結果として、自ら慰めねばならぬ。

私が始めて佐藤先生をたづねたのは、いまだ少年の日の昭和十八年春であつた。これは当時の務先の知人渡辺たけ氏（現在岡部姓）を機縁としてであつたが、その後雑誌『歩道』が創刊され、引続き御指導を得て今日に至つた。私はこの偶然を単なる偶然とは思はない。さうして、これは私の人生にとつても非常な幸福であると思つてゐる。私の作品に多少でも見るべきものがあるとしたならば、それは先生によるものであるし、更に斎藤茂吉先生に学んだところも大きいと云はねばならぬ。

題名『松心火』は集中の「宵はやき路上に松の心を燃す赤き炎を歩みつつ見し」など一、二首の作品に因つてゐるが、これは曾て佐藤先生が選集を出さうとされたとき、予定された題名であつた。つまりそれを頂戴したわけである。良い題だと私は思つてゐる。その他、本集刊行に当つて先生から数々の御高配を得た。それらすべてに対して、この機会に深く御礼申上げる次第である。

本集を一区切として、私は覚悟を新にしなければならない。何が今後展けて行くか、それは予測しがたい。或いは展けて来ないかも知れぬ。しかし、やつて見るより他に仕方がない。そのやうな気持の状態で、私はこの私のかすかな歌集の刊行を自から祝福する。

昭和三十四年四月十二日

長澤一作識

解説

山谷英雄

長澤一作の既刊歌集は、『松心火』(昭和三十四年)、『條雲』(昭和四十三年)、『雲境』(昭和五十年)、『歴年』(昭和五十五年)、『冬の暁』(昭和六十年)、『花季』(昭和六十三年) の六冊を数える。『松心火』は、昭和三十四年に四季書房から刊行された第一歌集である。収録歌は、昭和二十六年から三十三年までの作品五百二十首で、作者二十五歳から三十二歳の時期にあたる。

『松心火』刊行の翌年、第四回現代歌人協会賞を受賞するとともに、その重厚で完成度の高い、鮮烈な抒情は一躍歌壇の注目を浴びることになり、写生短歌信奉者だけにとどまらず多くの読者を魅了してきた。

今回の現代短歌社版は、装いを新たにして初版本をまるごと文庫化したもので、現代短歌を学ぶ後進にとっては、まことにありがたい一冊となった。短詩型文学、とりわけ短歌を勉強しようとするとき、先人のすぐれた歌集がすでに稀覯本となっていて、なかなか入手できないことが一番の悩みでもあったが、先に短歌新聞社から刊行されている斎藤茂吉、佐藤佐太郎の各文庫版歌集に続くかたちで今回『松心火』が刊行されることで、茂吉、佐太郎、長澤一作と続く写生短歌の継承と発展の道筋が見わたせることになった。このことは歌壇においても大きな意味を持つことである。

長澤一作は、大正十五年静岡県安倍郡有度村草薙（現静岡市清水区）に生まれた。作歌をはじめたのは、歌集後記にあるように、勤務先の知人を機縁とし、昭和十八年、十七歳の春にはじめて生涯の師となる佐藤佐太郎と出会い師事する。昭和二十年四月には、歌誌「歩道」創刊に参加し、爾来昭和五十八年に歩道短歌会を退会して「運河の会」をおこすまで約四十年にわたって同誌の編集委員、幹事として会の発展に力を傾注し、師の佐藤佐太郎に全身全霊をもって尽した。その間、昭和四十五年には「首夏」三十首により第八回短歌研究賞を受賞。また現代歌人協会理事や角川短歌賞選考委員を務めるなど歌壇への貢献もながく続けてきた。

なお個人歌集以外の著作としては、合同歌集『現代』（短歌新聞社　昭和四十四年）、自選歌集『秋雷』（短歌新聞社　昭和五十年）、『自解100歌選　長澤一作』（牧羊社　昭和六十三年）があり、評論としては『佐藤佐太郎の短歌』（短歌新聞社　昭和四十六年）、『鑑賞斎藤茂吉の秀歌』（短歌新聞社　昭和五十二年）、『短歌シリーズ人と作品　佐藤佐太郎』（今西幹一氏との共著　桜楓社　昭和五十六年）が現在までに刊行されているが、未刊ながら新しい写生短歌についての歌論やエッセーなども相当の数がある。

めし粒をこぼしつつ食ふこの幼貧《をさな》の心をやがて知るべし
風の吹く夜にてゴッホ自画像の赤き瞳《ひとみ》を吾は見てゐし
一瞬の時間といへど断ちがたく現身すべて過去《すぎゆき》を負ふ
定まりし自らの家のなき心移り来し部屋に幼児も持つ
くぐもりてにぶく光れる川原に黒き鴉は飛びつつ啼けり
偶然は寂しくて遠き夜の空に音ともなはぬ花火があがる
コスモスの花群《はなむら》に風わたるとき花らのそよぎ声のごときもの
半身に暖炉の熱を受けながら椅子にをりこの小さき平和

集の前半、昭和二十九年までにこのような作品がある。戦中戦後の暗い青春を経て早くに妻帯しており、この頃はすでに二人の子供を抱える父親であった。勤務先は不況にさらされ、一家四人の住む場所も転々とする。当然生活は貧に集約される厳しいものであった。しかし歌は、貧に凭れかかることなく、また狎れることもなく一首一首が厳しく、確かに作品化されている。貧はむしろ創作精神の緊張となって、詩嚢を肥やし歌に昇華されて見事な結実を見せている。感覚的というよりは、さらに強く意志的な作品化によって、どの歌にも生の重みが脈打っている。

原子雲白く盛りあがりゆく写真吾の見しのち幼児も見る
廃工場の草に降る雨きききゐたりいづこに移り住むあてもなく
建物の影終りゐるところより截然と秋の午前の光
速かにめぐりが昏れてゆくときに炉のなかの熾《おき》いよいよ赤し
一年を単位とし不況に向ひゆく地方小産業の中にをりたり
黄《き》の芝に降りそそぐ雨苦しみを予期する故に人は苦しむ
鉄斎筆寿老図のその顔貌にひそむユーモアたくましくして
最悪の予想と少し異りて追はれぬままに住みて日を経《ふ》る

後半にはこのような歌がある。依然として生活は好転の兆しを見せないが、だからと言って、貧の具体をつぶさに描写し平板にうたっているのではない。貧のむこうにある詩としての真実を観ようとして追尋する強靭な詩魂によって、歌は現実から浮上して詩の飛翔を実現させながら、掬いとられた鮮やかな具象のなかに、重々しいいぶきを希求してやまない個の声となって、底ごもるようにきこえてくる。一首一首の歌の背後には、奥行き深く重い詠嘆が息づき、どの歌も人間的な共感を呼びおこす。

『松心火』一巻は、長澤一作にとって戦後の生活苦のなかで、静岡にいてひたすらに佐藤佐太郎に学んだ孤独な営為の祝福された成果であった。こののち再上京して第二歌集『條雲』以下の各歌集に見られるように、社会と歴史をもはらみながら作品世界を深化拡充し、発展させていくことになるのである。

長澤一作略年譜

大正十五年（一九二六）
三月一日、静岡県安倍郡有度村草薙（現静岡市清水区）に生れる。

昭和十五年（一九四〇）　14歳
三月、茶業組合中央会議所に勤務。

昭和十七年（一九四二）　16歳
五月、上京各予備校に学ぶ。芝浜松町に住む。

昭和十八年（一九四三）　17歳
作歌に志す。四月、慶応義塾商業に入学。始めて佐藤佐太郎先生を訪ねる。爾来師事。同じ頃「アララギ」入会。

昭和十九年（一九四四）　18歳
二月、中島飛行機武蔵製作所に徴用される。

昭和二十年（一九四五）　19歳
四月、歌誌「歩道」創刊に参加。六月、浜松にて罹災、八月、終戦、郷里に帰る。

昭和二十一年（一九四六）　20歳
五月、「静岡県アララギ月刊」が創刊され、これにも作品を発表。

昭和二十二年（一九四七）　21歳
二月、佐藤佐太郎先生宅に寄寓し、青山書房の仕事を手伝う。四月、静岡県農機具組合勤務。

昭和二十三年（一九四八）　22歳
十二月『光橋正起遺歌集』を編んだ。この頃、歩道静岡支部を組織し、毎月例会を開く。

昭和二十四年（一九四九）　23歳
三月、静岡県茶連に勤務、以後農業団体を転々。五月、横地静子と結婚、静岡市茶町に住む。

昭和二十五年（一九五〇）　24歳
三月、長男正樹出生。秋、佐藤先生に従って浜名湖、日本平に遊ぶ。

昭和二十六年（一九五一）　25歳
五月頃より「歩道」の「朝の蛍合評」に参加。

昭和二十七年（一九五二）　26歳
四月、次男二郎出生。十二月、静岡市神明町に、翌年、静岡市曲金に移居。

昭和二十九年（一九五四）　28歳

十二月雑誌『短歌』に「現代短歌鑑賞（佐藤佐太郎秀歌）」を書く。以後「短歌」「短歌研究」等綜合誌に次第に作品、文章を発表。

昭和三十四年（一九五九）　33歳

八月、高野山における第一回歩道大会に出席、以後毎年各地の歩道大会に出席。九月、静岡市高松敷地に移居。同月、歌集『松心火』（四季書房）刊行。

昭和三十五年（一九六〇）　34歳

五月、『松心火』によって第四回現代歌人協会賞受賞。歌人協会々員となる。九月、『現代新鋭歌集』（東京創元社刊）に参加。

昭和三十六年（一九六一）　35歳

八月、転職上京、富士化学紙工業㈱に就職、十一月、都下小平市天神町に移る。

昭和四十一年（一九六六）　40歳

秋、足立区成人学校短歌講師。

昭和四十二年（一九六七）　41歳

十二月作家田宮虎彦氏と相識る。

昭和四十三年（一九六八）　42歳

七月、歌集『條雲』（短歌研究社）刊行。

昭和四十四年（一九六九）　43歳

三月、都下久留米町滝山（現東久留米市）に移居した。十月、合同歌集『現代』（短歌新聞社）刊行、作品百五十首を寄せる。

昭和四十五年（一九七〇）　44歳

一月、歩道短歌会幹事となる。第八回短歌研究賞受賞。

昭和四十六年（一九七一）　45歳

一月、宮中歌会始めを陪聴。九月、『佐藤佐太郎の短歌』（短歌新聞社）刊行。

昭和四十七年（一九七二）　46歳

七月、短歌研究新人賞選衡委員。綜合誌「短歌」十二月号にシリーズ今日の作家〈長澤一作〉の小特集が載る。

昭和四十八年（一九七三）　47歳

三月、短歌新聞公開討論会講師。千葉歌人グループにて講演。銚子市青少年文化会館にて講演。九月、仲秋名月伊豆山歌会に出席。十月、多摩歌話会にて講演。

昭和四十九年（一九七四）　48歳

ヨーロッパ各地に遊ぶ。

昭和五十年（一九七五）　49歳

六月、角川短歌賞選考委員、以後五年つとめる。七月、歌集『雪境』（短歌新聞社）刊行。八月、自選歌集『秋雷』（同）刊行。

昭和五十一年（一九七六）　50歳

六月以降『昭和萬葉集』編纂に協力。

昭和五十二年（一九七七）　51歳

六月、『鑑賞斎藤茂吉の秀歌』（短歌新聞社）刊行。現代歌人協会理事となり、三期六年つとめる。引続き全国短歌大会選衡委員。八月、短歌新聞年刊歌集選衡委員、以後三年つとめる。「短歌」十一月号に小特集「長澤一作の現在」が載る。

昭和五十三年（一九七八）　52歳

四月、短歌新聞講演会にて「斎藤茂吉の相聞歌」を話す。八月、島根県短歌大会講師。九月仲秋名月伊豆山歌会選者。十一月足立区短歌大会講師。

昭和五十四年（一九七九）　53歳

二月、毎日新聞短歌添削教室講師となる。六月、長崎県短歌大会講師。十一月、日本文芸家協会々員となる。

昭和五十五年（一九八〇）　54歳

四月、学文社全国短歌大会選衡委員。六月、歌集『歴年』（角川書店）刊行。十月、福島県短歌大会講師。

昭和五十六年（一九八一）　55歳

一月、『短歌シリーズ人と作品佐藤佐太郎』（共著桜風社）刊行。

昭和五十八年（一九八三）　57歳

三月、歩道短歌会退会。「運河の会」結成、代表となる。五月、桐生短歌会講師。八月、結社誌「運河」創刊。広島県短歌大会講師。

昭和五十九年（一九八四）　58歳

四月、明治神宮献詠歌会選者。六月、高野山の運河第一回全国集会に出席。七月、愛媛県短歌大会講師。

昭和六十年（一九八五）　59歳

七月、金沢の運河全国集会に出席。十一月、歌集『冬の暁』（短歌新聞社）刊行。

昭和六十一年（一九八六）　60歳

六月、別所温泉の運河全国集会に出席。十月、NHK学園全国短歌大会選者。

昭和六十二年（一九八七）　61歳

一月、NHK学園狭山短歌大会講師。四月より同学園オープンスクール講師。五月、湯布院の運河全国集会に出席。六、七月、静岡新聞に「わが青春」を連載。八月、佐藤佐太郎先生逝去。十月、江戸川区短歌大会講師。十一月、墨田区短歌大会講師。NHK学園全国短歌大会選者。

昭和六十三年（一九八八）　62歳

三月、富士化学紙工業㈱退職。四月、歌集『花季』（現代短歌全集、短歌新聞社）刊行。十月、中国の仏教遺跡、麦積山、柄霊寺、莫高窟を巡拝した。

（以下略）

本書は昭和三十四年四季書房より刊行されました

歌集 松心火 〈第1歌集文庫〉

平成24年11月1日 初版発行
平成25年5月23日 再版発行

著 者 長 澤 一 作
発行人 道 具 武 志
印 刷 ㈱キャップス
発行所 **現 代 短 歌 社**

〒113-0033 東京都文京区本郷1-35-26
振替口座 00160-5-290969
電 話 03(5804)7100

定価700円(本体667円+税)
ISBN978-4-906846-21-4 C0192 ¥667E